¿De quién es el b

—Este es mi bosque —dijo el oso.

—Este es mi bosque —dijo el mapache.

—Este es mi bosque —dijo el zorro.

—Este es mi bosque —dijo el conejo.

—Este es mi bosque —dijo la niña.

—¿De quién es este bosque? —dijo el búho.

¡El bosque es de todos!